母親

吳錦發

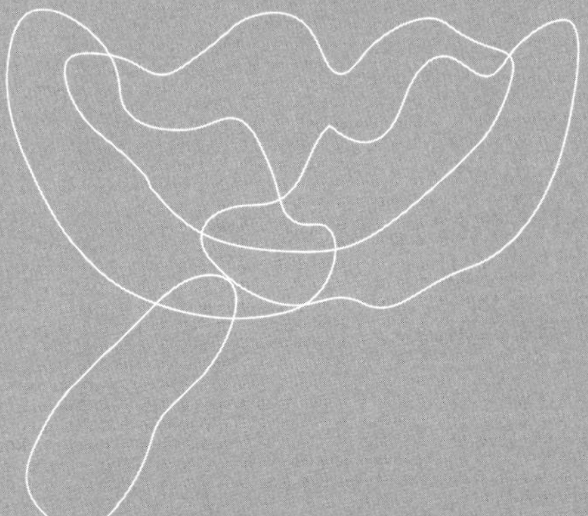

目次

輯一 一個人的啟示錄

輯二——母親

輯三

今天，還活著

輯四——蜉蝣之生

跋

解詩代序：你終於來了

台灣駐德代表　謝志偉

自從二〇一六年八月底二度使德以來，睡前閱讀幾位台灣詩人貼於臉書上的詩作，是我經年累月日夜處於德語世界裡的精神食糧之一。由於有這條臍帶所提供的養分，我更能不偏不倚地在台德兩個國家間、東西兩個世界中扮演好橋樑的角色。

錦發就是這幾位詩人裡的一位。他是台灣人、客家人、美濃人、更是性情中人。一手寫小說，一手創作詩，一心繫台灣，一意護家園，有本土意識，更有世界觀。今天，他的第四本詩集問世，囑我為序，榮幸之餘，不敢不從。

詩集計含四個系列，所設／涉主題和範疇並不止於詩集題名《母親》。香港、病毒、家國、信仰、日常、動物等，或隨筆心境，或藉物取譬，率皆有感而發，精彩之處，所在多有。例如令我驚艷的〈不寐〉這首，就是心繫台灣的一首：

〈不寐〉

不寐
以拳擊打頭部
吶喊：讓它出來吧

咔嚐！
如鐵板落地
「憂．國」
掉出兩個字

錦發母親去年年初逝世，詩集既題「母親」，錦發應是對此系列最為牽腸掛肚。其中幾首，之前我亦捧讀再三，也因感動而試下筆闡釋，每每寫到自己淚眼婆娑，甚至熱淚盈框，不能自已。

每一部作品都是詩人的小孩。受邀寫序，我何德何能？不如就解其中一詩，算是狗尾「序」貂吧。且名之為「你終於來了」，何以？無須多言，閱後即知。

〈情之暮〉

在醫院的高樓
眺望著最後的暮光
「你終於來了！」
母親在病床上
恍惚中說了這句話
我難產出生時
母親曾說了同樣的話
明天，美麗的朝陽

請依舊升上來吧。

此詩成於二〇二一年年一月十六日，那段時日，錦發已經預知母親來日無多，乃有一系列的母親詩作，此為其中之一。詩裡，主要寫的是，兩「情」，但都未直接述及：母親的「病情」與人子的「心情」。前者嚴重，後者沉重。連結在中間的是另一「情」——「親情」，「貴」重到人子要「跪」下來的親情。

病情嚴重，何以得知？蓋從再高也高不過蒼穹的醫院高樓裡所眺望之「最後的暮光」，明指白晝將盡，實是暗點人生到底。從而，母親已面臨生死關頭。病情嚴重在此。

而母親看到孩子／兒子時，對應著天色已近「昏暗」，於「恍惚」

中說了「你終於來了！」那句話。兒子憶起，這句話在「我難產出生時，母親曾說了同樣的話」。瞬間這句話彷如一條臍帶般穿越時空，將母親的死亡難關和孩子的出生難產連結了起來。某種程度，此刻的「終於」和之前的「最後」，亦將「臨終」與「臨盆」連結了起來。

惟，當年孩子的難產同時就已經是母親的生死難關，是同舟一命，不，同身一命的關卡。然而，如今孩子看著身處難關的母親，靠得再近，再如何伴隨，也無法跟隨。那是只能夕陽兀自西下的眺望與空望，而不容任何攔阻的希望與期望。再多的惆悵與憂傷，生之小命在人之大限前的敬畏，皆總結於內疚與無奈，是乃轉「情」就「請」：明天，美麗的朝陽「請」依舊升上來吧。

看似歸返的臍帶，終究還是要斷的，然，人子卻以一首詩將之恆久接回。使用的黏著劑是一音三字：標題「情之暮」的「暮」，「孺慕之情」的「慕」，還有，最後，難免的人生終點之「墓」。而三字皆與「母」同音也。

在這本詩集的自序裡，錦發則引日本古和歌《萬葉集》之「言靈」為「詩」所導出語言之爆發力。我毫無保留地認同並試證之於以〈情之暮〉這首詩。此爆發力，我想可以 Espress（濃縮咖啡）來形容「詩」，因為，Espresso 這個字，和 expression（表達，詞句）正是同源字也！

相對日常語言之即溶，——急的話，噴口水即可——，詩之本質是濃縮，需要擠壓、沉澱和醞釀，有時費時、費思也費工，有時當場靈機一動，頃刻渾然天成。依我看，本集所選諸詩顯然兩者過程都有。無論如何，我反覆閱讀詮釋之後，口齒留芳香，而甘苦入心坎。其他諸詩，留待日後定當續杯無誤。是為序。

二〇二一年十二月十三日，柏林

詩帶來幸福的國度

在日本古和歌《萬葉集》中，曾經三度提到「言靈」這個詞。所謂「言靈」，是當時的人認為文字中存在著神秘的力量，詩人可以把詩表達的內容變為現實。這是真實的嗎？想想普希金以著名的長詩〈致西伯利亞的兄弟們〉，喚醒被沙皇流放到西伯利亞的青年軍官的意識，凝聚的力量，成為後來大改革的契機。

又譬如李白或日本俳聖芭蕉等人的名詩穿越千百年時光，仍然經常帶給人們安適、寧靜的心的世界。

語言一出即有靈力，尤其是詩的語言，那更是結晶了語言最精華的部分，當然靈力就更大。

「詩的語言」到底是指什麼呢？

詩人的詩，結晶在兩個方面：

詩的「植物性」和詩的「動物性」。

「植物性」很容易明白，即深刻的詩，必須穩穩紮根在土地，反映土地上人民的痛苦與幸福，如巨樹般深入地泉，吸收土地精華，開出燦爛的花。

詩的「動物性」又是什麼呢？

這是一個有趣的比喻，歸根究柢，每一個詩人稟性中都本然存在著一隻動物，那動物會在詩人的詩中，呈現不同的風貌。

稟性中是存在著〈虎〉的，就叫出虎的聲音。

稟性中是存在著〈鴿〉的，詩中就鳴叫鴿的聲音。

稟性中是存在著〈貓〉的，便叫出貓的聲音。

最怕的是心中存在著〈鸚鵡〉，不叫出鸚鵡本來的聲音，卻老學著別的動物的聲音，又不瞭解其意。

尋找稟性中深藏著的那隻屬於自己的動物，並恰如其分地叫出自己應有的美妙的聲音，這是詩人一生重要的課題。

《母親》是我的第四本詩集。我謹慎使用著自己的心靈的語言，或祈禱或哀傷或喜悅，希望藉由「言靈」的力量，帶來一個加倍幸福、純然的國度。

是為之序。

輯一

一個人的啓示錄

香港

一群年輕人向天高喊：
自由！
北方飛來九條龍
那龍口吐焰火
要燒滅那城

雲層霹靂轟然乍響
聖光燦爛
亮如鑽石的光中，有三寸透明人形
「孽龍，敢爾！」

聲若山崩

九龍驚駭，轉身往北竄逃

龍身著火

在空中化為灰燼

有漫天香花如雨飄落

灑在港中

滿城異香　久久不散。

二〇一七年六月五日

越南母親的孩子

她不是龍母
她在台灣偏村產下蛋
從蛋中孵化了孩子
陪母親在路邊賣甘蔗
眼睛如燈在黑夜中唸書
麒麟蹲踞在那兒
鱗片發出青綠反光
牠將領導牛群
趕跑孽龍

從越南母親出生的孩子
天空中有聲音：
他是我子
他將在島上建立我的國。

二〇一七年六月十七日

—天與地—

老鼠說：
我擅長在地下
鑽很長的洞
地面無人知曉

鯊魚說：
我擅長在海下
獵食
海面無人覺察

獵鷹亦誇耀：
我可以無聲飛翔
隨心所欲擒殺

天與地無聲回應
偶爾烈日，偶爾暴雪，偶爾狂風
偶爾地震，偶爾海嘯。

二〇一八年三月十日

部落之鷹

五年一次的祭典
祭師喃喃向祖靈祈福
回家了吧回家了吧

從雲層盤旋而下
一隻、二隻、三隻
乃至不可思議的百隻
鷹神如轟炸機俯衝而下
倏然消失在部落上方

回家啦
高砂義勇軍的靈啊
乘著鷹神的翅膀
回家了。

註：原住民信仰，冤死異域的勇士將乘鷹的翅膀返回部落。

二〇一九年十月十一日

—遺書—

唸了你的遺書

你如此懦弱
你如此徬徨
你如此貪生
你如此怕死
你如此無知
你如此絕情
你如此不孝

你懷著無限的恐懼
僅憑不到一公克重的良知
決然到街上去
赴・死。

註：紀念那留下遺書死於街頭「反送中」的香港青年。

二〇一九年四月二十四日

—觀落鷹—

看鷹盤旋而上
展翅迂迴
隱入雲端

雷鳴聲中
斂翼
直墜而下

往天堂　向地獄
姿態

如斯不同。

二〇一九年十月二十四日

—神的國—

在空曠無神職人員的
聖堂
喜悅
如同獲得店主耶穌允許
可以任意拿糖菓的孩子。

二〇一九年十一月二日

禱

主啊
我不當騙子
他們搶去當了

主啊
我不當強盜
他們拿去當了

主啊
我不當政客

他們也佔據著當了

主啊
我一無所有
宛如只剩下一個地獄

不，你要連那個也讓他們搶去
他們要拿的我將加倍給他們
你沒有的我要使你更沒有。

二〇一九年十一月六日

—告解—

神哪
我向祢告解
我的罪
以及我所見的一切人的罪

我誠心告解
但，依舊迷惑
祢何以創造了
如此多邪惡的人
卻放在這美麗的島嶼？

神哪
祢曾想要告解嗎？

二〇二〇年一月二日

拒絕分享

我要毀滅罪惡城國
索多瑪啊
給我一百個義人
我便改變心意

一百個　沒有
五十個　沒有
十個　也沒有
只有我派去警示的先知
卻被指為罪犯

我必毀滅它
台灣，妳速速出城去
不要回頭看

回頭，我便罰妳變鹽柱
只因妳愚蠢
竟搶著分享別人的罪惡。

註一：典出舊約，神以天火毀滅了索多瑪與蛾摩拉罪惡之城。
註二：吹哨者李明亮被拘為罪犯，最後死於武漢肺炎。

二〇二〇年二月六日

反叛

上帝
祢說公義終會戰勝邪惡
但我看到邪惡經常戰勝公義

上帝
祢說要展現大能
將高位者拉下
使誇示財富者兩手空空
但我看到
祢使權位者更獨裁

財富者更炫目

上帝
祢說要使國攻打國
使蠻橫與傲慢者的城
連一塊磚也無法立於另一塊磚之上
但我看到
邪惡者更強大
吞併弱小

上帝
我無法再信奉祢為：
「無所不能者」

我打算反叛祢
因祢言而無信
使我內心空空無可信仰

那是來自祢的辯白嗎？
一絲極細微的聲音：
我揀選你
並給你最大恩賜
你憤怒不平的質疑
不是我賜予你公義之心的證明？
我從未失信於你和任何人。

二〇二〇年四月二十六日

—學孩子—

做了如是的禱告：
主啊
我如何忘卻
失去至親的痛苦？
我如何忽視
青春流逝肉體衰弱？
我如何丟棄
對子女時刻的擔憂？

今日重疊昨日

明日又將重疊今日

主啊
我厭惡相同的日子

學孩子
下一秒便忘記上一秒

神如是回答。

二〇二〇年五月二十三日

—趕路—

啃咬硬巧克力糖
崩！
門牙斷了
我收到來自上帝的電訊

還有夢未到盡頭嗎？
那麼
趕路吧！

二〇二〇年七月九日

路

沒路了
上帝說：摩西你儘管走去
海分為兩邊
路出現了

沒路了
台灣人走到海邊
海洋渺渺茫茫
神啊　請指明一條路
神沒有回答

台灣人向海走去
尋找失落的神

路沒有了
海成了四通八達的路
直到天的盡頭。

註：台灣已被許多人類學家認證是為南島民族的源頭之一。

二〇二〇年七月二十四日

長夜驚雷

被深夜雷聲驚醒
直劈向死靈魂深處
隆隆隆⋯⋯
如天使戰車
橫空而過

死亡
就只是睡了[註]

從死了的活中被喚醒

醒了便不再於活中去死
想像著在暗黑土裏
正在萌芽的種子。

註：宗教家馬丁路德之言。

二〇二〇年七月二十八日

——剽悍的神——

唸著聖書
昏睡過去

人子將被出賣
何以仍在沉睡？
祂以聖書重擊我腦門：
現在，醒來
去如此工作：

你必須猛力敲打

懦弱者
昏瞶者
偽善者
作弊者
助惡者
邪言者
猶豫者

霍然驚醒
我的神是剽悍的神。

二〇二〇年十一月二十二日

——代誌，並不像憨人想的那麼簡單——

口罩戴好
勤勞洗手再噴上酒精
讓病毒找不到入口

要不，把門鎖緊
親情，愛情，友情
暫時鎖國
讓病毒找不到入口

或者躲入密林

像野獸回到蠻荒
最深最深的山洞內
讓病毒找不到入口

最好最好打上疫苗
如何來便如何抵抗
讓病毒找不到破口

神
在夢中斥責我：
代誌，並不是像憨人想的那麼簡單
你們要徹底悔改
好讓我找到挽救你們的藉口。

二〇二一年七月二十一日

—無人知曉的名—

甜蜜馥郁
從舌尖纏繞而下
沿路綻放
喉嚨，食道，花香直達心房
爆炸

誰是這龍眼樹原初的栽種者？
種在磐石上的　死了
種在硬土上的　枯萎了
只有種在軟土裏的　生根茁壯註

結了甜蜜之果
無人知道栽種者的名
拍拍樹根，感謝這巨大的恩典
奉主之名。

註：引用耶穌比喻道之傳播。

二〇二一年七月二十八日

輯二

母親

媽媽唱兒歌

除夕夜
八十八歲的老母親唱了兒歌
好遠好遠的記憶啊
還在母胎中的時候。

二〇二〇年一月二十五日

口哨

新年喜悅
不經意在戶外吹起了口哨
哀怨的東洋歌曲

「晚上不要吹口哨！」
媽媽制止我
父親生前的習慣啊。

二〇二〇年一月二十五日

——安全距離——

疫病狂舞
久未探視母親
媽媽健談整個下午
坐在遠方，我戴著口罩傾聽

你嫌棄我無用了嗎？
臨走前
母親突然問我
冰層在海面下
崩裂。

二〇二〇年五月二日

—來電—

遠方誤打來的電話
竟和陌生老婦人
溫柔談了許久
只因想起住在鄉下的母親。

二〇二〇年六月八日

——童話——

推著輪椅
為逗笑母親
談及童年被罵的往事

醫院長廊
迴盪著母與子爽朗的笑聲
路過的醫生驚詫著。

二〇二〇年十月二十五日

肚臍

自醫院探望母親回來
凝神看著肚臍眼
在洗澡的時候

幽忽聽到嬰兒的哭聲
在肚臍的深處
宇宙的中心

盯著深不見底的黑
無聲哭泣著。

二〇二〇年十月二十九日

—謊言—

母子信仰不同的神
向病重的母親撒了謊
她的菩薩向我託夢
將拯救她使她平安

我的神啊
可以原諒我的謊言嗎？

二〇二〇年十一月八日

鑰匙

砰——
腦袋挨了重重一擊
我被自己關在門外

探望病床上的母親
她放了一隻虫豸
深夜在我耳中悲鳴：
人，活得太長壽令人厭倦哪

啊，媽媽
我手上沒有鑰匙。

二〇二〇年十二月十五日凌晨

矛盾的禱告

遙遠的我難產的啼哭
使庭院群花在朝陽下盛開

母親病中的呻吟
使黑夜來臨前的花兒
低垂

為所欲為的神哪
能否祈求祢
使黑夜中將萎的花朵

重新綻放？

或如微風般
安撫著使它無聲無息
凋謝？

神哪
我任性向你
作了雙重矛盾的
禱告。

二〇二一年一月四日凌晨

廢墟

妹妹為病重的母親
擦澡

憂鬱熱帶的叢林深處
我的宿居
已然成了廢墟

甘泉枯竭
肉色的蔓藤
恣意纏繞石佛

野草叢生
鑽入每一道裂縫

遍地堆積的腐葉
已然凹陷出黝黑無底的洞

母親肚臍的出口
是我悲哀靈魂的
入口。

二〇二一年一月十三日

—奔跑—

在寂無人煙的荒野小徑
暗唸著母親的名

忘記年齡
向前奔跑
直到消失了身體。

二〇二一年一月十五日

—吃飯—

母親已無法進食
看著遠方如嘴型的山凹
吃飯吧吃飯吧
我不自覺喃唸著。

二〇二一年一月十五日

—情之暮—

在醫院高樓
眺望著最後的暮光

「你終於來了！」
母親在病床上
恍惚中說了這句話

我難產出生時
母親曾說了同樣的話

明天，
美麗的朝陽
請依舊升上來吧。

二〇二一年一月十六日

擔桿

花了子女的錢
只為延命
真不好意思啊
母親說了如此令我驚訝的話

「爺娘惜子長江水
子想爺娘擔桿長」
這是母親常唱的山歌

母親呵

一隻擔桿接一隻擔桿

子想爺娘也是長流水。

二〇二一年一月二十一日

〈返鄉〉

送病重的母親返鄉
看到綿延的故里山脈了

母親啊
如此約定吧
有一天
我們像山頭的雲
就在那兒會面。

二〇二一年一月二十一日

敲門

忘了母親已然不在
習慣性
在母親臥房敲了門

媽媽，妳還好嗎？
是的，還好
媽媽，妳不再痛了嗎？
是的，孩子，不再痛了
我楞立門口　自問自答。

二〇二一年二月二日

—夢中—

從我夢中微笑走來
母親宛若初嫁之時
頭髮戴了鮮花

醒來
無聲面牆哭泣
淚濕三個枕頭。

二〇二一年三月一日凌晨

慈音

在荒野草叢
蹲著傾聽紅冠水雞呼雛聲
彷若遙遠暮色中
母親呼喚吃晚飯的聲音

許久
無法站起身。

二〇二一年三月十九日

夏花

過世多時
天亮前母親入夢來
笑盈盈如仲夏之花

殘軀天所赦
不樂是如何？[註]

吟哦著
寫下政宗的詩句。

註：

伊達政宗的詩句：

少年馬上過，

世平白髮多；

殘軀天所赦，

不樂是如何？

二〇二一年四月十三日

朝顏夕霧

在風雨中傾頹了
我出生的老屋
屋頂張開了無言的口

一株牽牛
攀附老牆
和我的臍帶糾纏，角力
開了燦爛的花

朝顏夕霧

啊，作了真美的夢。

註：傾倒的房子是我難產出生之地，母親去年已往生極樂。

二〇二一年八月六日

—夢之言—

父親節冥界解封
父親，母親由天花板垂降
直入夢境
細聲交談　恍如昨日
天亮前雙親穿牆而去

你講了一整晚的客家話
夢見誰了嗎？
妻好奇地問

太太不熟悉客家話
我神祕笑說
都是冥界機密
密碼客家話
現在仍無法解碼。

二〇二一年八月十日

輯三

今天，還活著

逆——致香港

火被柴燒著了
光被暗照亮了
太陽被雪溶化了
死被生喜悅了

港啊
那年輕的靈魂
被地獄逼出香味。

二〇一九年十一月六日

旗——致香港

在黑夜中豎起黑旗
用頭顱當盾牌
袒露心臟供惡警當標靶
在校園中學習戰鬥

破敗的旗在夜風中飄盪
萬一戰死了
請看這面招魂旗前進
像鬼雄一樣前進

我倒下
我把旗插在地上
天亮之後
仍在校園裏的弟兄
請你們跟著黑旗
前進，前進，前進。

二〇一九年十一月十三日

死決定了生——致香港

烈焰騰空
同樣的火
曾在光州、首爾、台北的街上
在獨裁者成為灰燼之前

羨慕你們
不是羨慕暴烈的青春
只是厭倦
在幸福的豬圈
交配，懶睡，沒有火花的活著

明天，也許，天亮之前
你們有人會死去
但怎麼死
告知世人你們選擇了如何生

是的，
死決定了生。

二〇一九年十一月十八日

封城

無視天
也無視人
在遙遠的北京城
下令
封！

以兩層土
把一寸良知
封掉

但不管被埋得多深
怨恨的種籽
終要冒出土表發芽的啊。

二〇二〇年一月二十八日

─生之患─

孤獨行走在荒野
衝動走，直覺走，盲目走
直到天黑
來到絕壁和斷崖
再向前走嗎？不再走嗎？
人類滅絕
萬物將欣欣向榮。註

蛇一般的念頭

從黑夜竄出
咬噬在心坎上。

註：生態學家陳玉峰名言。

二〇二〇年一月三十日武漢肺炎爆炸有感

喜悅

妳是如此平凡的小樹
我從不屑注視妳
瘟疫
使生命陷入驚恐

陽光縱放的清晨
妳默默綻放了小花朵
我彎腰凝視妳
喜極而泣

今天仍活著。

二〇二〇年二月四日

—有時—

生有時
死有時
榮有時
枯有時
陰有時
晴有時
病有時
癒有時
昏有時
醒有時

興有時
亡有時

天啊
就讓這狂暴之城
此時，滅了吧。

註：詩句悟自〈傳道書〉

二〇二〇年二月十三日電視播出，中國武警硬拖武漢某女子出車門，扭斷了脖子。

咳嗽

一聲咳嗽
頓時使朋友的歡聚
如冬雪般凝結

做錯事的孩子般
歉疚供出了
一天
二天
三天
不，更多天的行踪

不敢遺漏任何細節
直到大家安心
感覺到了
自己的重要
不，
一點也不重要。

二〇二〇年二月十五日

—武裝喜悅—

一秒鐘結束了
下一秒是新的開始
瘟疫開始
其實也已結束

只有喜悅才能殺死病毒
活著終會碰到新病毒
一定得喜悅活著
因為只有還活著

才能感覺
喜悅。

二〇二〇年二月二十七日

〈呼吸〉

昨天　有人死了
前天　有人死了
前前一天　也有人死了。

前前一天　我活著
前一天　我活著
今天早上醒來
我仍活著

這一刻，這一分，這一秒

我仍在呼・吸
就是現在。

二〇二〇年三月八日

掩飾的愛

沒有返鄉掃墓
沒有回老家問安母親
沒有答應女兒邀約共餐
拒絕朋友盛情來訪
不輕易和鄰居閒談
躲到陌生地
欣賞雞家族溫暖之情

那還算是我嗎？

不，

那才是內在之我
在瘟疫隱形流行的時刻。

二〇二〇年三月十二日

想像死亡

人，
是唯一
會想像
會傳播
會虛構
會創造
死亡的幻覺
真正可憐的
會憑空被恐懼力殺死
的動物。

二〇二〇年三月十九日

言靈

語言一出
便有靈力
躲進荒野
避免使用語言
醫生在電視揚言：
「這疫病將輕易奪去老人性命。」
很多老人死了

不因為疫病
因為語言。

語言的力量
才是尖端醫學。

註：「言靈」，語言會創造靈力，形成實體世界。語出日本古詩集〈萬葉集〉。

二〇二〇年三月二十一日，我，有慢性病的老人憤怒之言。

眠

第一天　安息日
第二天　安息日
第三天　安息日
第四天　安息日
第五天　安息日
第六天　安息日
第七天　上帝伸伸腰，呵了一口氣。

第一天　神無日
第二天　神無日

第三天　神無日
第四天　神無日
第五天　神無日
第六天　神無日
第七天　十字架上有一條蜘蛛絲。

呼吸聲
生命最美的頌歌。

二〇二〇年三月二十四日

有關永生

遠方親戚來電
曾替她施洗的神父
死了
在教堂為瘟疫死者悼念
受了感染

庭園的巴西鳶尾花開了
如雙重十字架的瓣紋。

二〇二〇年四月五日

手

惶恐遵守醫生的囑咐
雙手搓揉
洗手
洗手
再洗手

驀然想起
在市場邊向我兜售彩券
沒有雙手的少年。

二〇二〇年四月十二日

別讓子彈飛

在光州
在天安門
在緬甸
子彈在空中飛

以直線，曲線，擦線
由暗處向明處
向吶喊的聲音飛

別讓子彈在空中亂飛吧

空中應該是自由的啊

她用十九歲的頭顱制止
子彈在空中亂飛

如果子彈堅持要在空中飛
就請飛進獨裁者的胸膛
停在那兒吧。

註：獻給十九歲死於緬甸民主街頭的少女瑪良烏。

二〇二一年三月八日

黑夜曼波

恍如處身黑夜的中心
感覺到殺氣
卻不知敵人在何處

敵人無限小
卻又無限大
我無法辨識它的藏身
或者一不小心
我將成為親人的敵人
恍若在黑夜的核心

又或者我正在黑夜漩渦邊緣
在病毒環伺之下

哼著歌
試著在黑夜裏跳曼波
希望同處在暗黑中的同胞
能聽到我的歌聲

寶島曼波，曼波，寶島
直到黎明露出第一道曙光。

——獻給守護台灣的每一個人

二〇二一年五月十九日

—肯定句—

朋友，不要輕易說
再見！
因為眼下不知它是
肯定句或成為否定句

如同一期一會的茶會
請專注喝完這碗茶吧
不知離開這門口會碰上什麼
請把心定在茶湯上

琥珀色的人生
再見，必須成為肯定的約會
在狂風巨浪之後
在陽光再次燦爛之前。

二〇二一年六月二十二日

今天，還活著

往東邊去
祝賀朋友生了兒子
往西邊去
悼念長輩逝去
往南邊去
安慰生病的親友
往北邊去
在老教堂祈禱

白天過去了

晚霞在空中迴映
真美啊
今天，還活著。

二〇二一年七月十七日

輯四——

蜉蝣之生

別一朵花

別一朵花
不是為你
你只如善變的雲

別一朵花
不是為你
你脆弱如生鐵

別一朵花
不為別人

別一朵花
為自己

不變不斷
別人不可能搶去的
我的夢

出發了
在我的髮上
我別一朵夢的白花。

註：好友妙沂在耳朵別一朵花，斷然捨棄舊愛，有感。

二〇一九年六月二十四日

敬老票

一張
歲月從這裡切開

不無喜悅
我是敬老車廂中
最年輕那位
我是老欉文旦柚花
剛綻放的
最香味誘人那一朵。

二〇一九年十月十九日坐高鐵往台中簽書會途中

竹

多麼美啊
在月光下的竹影
如青春往事
妳侵入我的夢境太深

天亮後
我砍了窗前那竹。

二〇一九年十一月五日

——迎風抖動的竹葉——

雖然妳韁固著我
風來的時候
我仍要展示我的想望
抖動

有天死亡使我凋落
便再也沒有任何力量
能阻止我
飛翔。

二〇一九年十一月二十一日

—老歌—

唱著青春之歌
年輕人遞給我一支麥克風
許久
仍找不到我們可以合唱的歌。

二〇一九年十一月二十七日

回來

回來嗎？孩子
還在等我嗎？媽媽

一片豔紅的楓
飄落
擊中另一片楓
像二片信紙
在寒風中飛揚
紅通通如舞動的火焰

那也是一種回信吧？

註：在日本舞鶴港「崖壁之母」站立之地。

二〇一九年十一月二十四日

不寐

不寐
以拳擊打頭部
吶喊：
讓它出來吧

咔噹！
如鐵板落地
「憂．國」
掉出兩個字。

註：貝多芬作曲時，常搥頭大喊：「讓它出來吧！」

二〇二〇年一月二日凌晨

一春夢一

不堪的年齡
暮冬轉暖
天亮前的春夢
它卻立正站著
像害羞的孩子。

二〇二〇年一月二十三日

一種隱喻

您帶我到部落荒墳

曾曾祖父以「兇蕃」罪名而死
曾祖父也以「蕃」戰死部落
外祖父以「高砂」死於南洋

父親死前
向著東亞大陸來的人喊：
打我的胸膛！

您把帶來的酒
靜靜滴到墳上螞蟻洞中
朗聲向我說：
我家族可沒有人
從背後被打洞！

螞蟻排隊在地下地上
出出入入。

紀念二〇二〇年二月二十八日

坦克與蝴蝶

自我封閉的天使
長大了　又高又壯
我親暱稱呼他
坦克

坦克在社區中奔跑
呼嘯而來呼嘯而去
人人驚恐被碾壓而過
我總溫柔呼喚他：
坦克！

但他從不看我一眼
他自認自己是蝴蝶
揮動雙手
向前奔跑

只有他媽媽相信
她兒子是蝴蝶。

二〇二〇年三月八日

台灣．山

你招來漫天烏雲
意圖遮住我
用雷聲威嚇我
那又如何？

我知道你是無根的
風一吹
你便散魂
我沒有敵意
只是一動也不動
冷眼瞧你演戲。

二〇二〇年三月十日

故意

故意寫信到超商
我沒忘記家的地址
我是為了爸爸的健康
醫生說：他要多走路

我不是寫錯字
我心存故意
媽媽說：爸爸視力越來越不好
我不相信

我不是不會賴
我是故意
用古老的信紙
為我有一天和父母一樣老的時候
有個美麗的記憶

一切都是我的故意。

註：記郭漢辰的女兒寫給她母親的信，她總把信寄到她家附近的超商。

二〇二〇年三月十九日

—風睡了—

竹葉搖動
風活了嗎？
竹葉靜止
風死了嗎？

也不過就是風偶爾睡了
偶爾醒來

現在你睡了
我醒著

當然也會有我睡著
你醒來的時候

如果今夜
我們恰巧一起醒來
我們就一起搬弄夜風
搖動竹葉成綺麗舞姿吧。

註一：風，不知從何處興起，也不知往何處而消失，唯有從活水與靈而生的，才得以永生
——語出聖經。

註二：「死亡不過就是睡了」——馬丁路德。

二〇二〇年四月二日念郭漢辰

─喜悅─

只因好奇
做了徒然的事
間隔一小時
探望一次

生命的劇場
盛開的山芙蓉
由變色而至凋萎

夕陽西下
感到無比喜悅
何以喜悅？
唯因無所知才如是喜悅。

二〇二〇年四月二十八日

〈重量──悼肇政叔〉

山從不明白整個天空的重量
知道您到天上去了
我掉了一滴淚
我被那滴淚的重量
壓死了。

二〇二〇年五月十七日凌晨

耍賴

才剛參加過一次
告別式

聽說
您過世
他也仙遊

臨出門
把西裝脫下
重重摔在地上

拒絕再出席

孩子氣

向死神耍賴。

二〇二〇年五月二十五日

一一一

一
是數學
是科學
是哲學
是美學

一
是開始
是結束

一
是愛情
是友情
是親情

是信仰
但絕不是政治。

二〇二〇年六月九日

—燃—

鳳凰花向河說：
我要挑動愛之火
點燃你故作正經的心

河說：
妳點燃的只是自己的倒影
但我歌頌妳的美麗。

二〇二〇年六月十九日

熱

汗流遮住了眼
匆匆走過烤鴨叉燒店

你熱嗎？
我竟向櫥窗內的掛鴨問。

註：一個因統派思想坐過牢的朋友，向我說：「新疆、西藏如果認為中共是暴政，他們為何不起義抗暴？」

二〇二〇年六月二十四日

請將我葬在看得到峽谷的地方

——懷念黃校長

有一天，我如果離去
愛人，請將我葬在那裏
很老的樟樹下
峽谷的上方。

風，鳴響山谷風笛的地方
星星眨眼
挑動情人愛情的地方

郭公鳥優美掠過樹梢的地方
我和妳，愛人
第一次共同洗腳的溪流那兒
讓我安靜坐在溪石上

永久，永久，在天堂的隔壁
在那棵很老很老的樟樹下
峽谷的上方
請把我葬在那裏
愛人。

二〇二〇年八月三十日

將進酒

今夜妻縱容我將進酒
第一杯　我舉杯翩翩
第二杯　我仍是靈長類的證明
第三杯　我確認自己哺乳類的
歸屬
第四杯，第四杯，第四杯⋯⋯
我終於返祖為爬蟲類
曹操，李白盡是騙子。

二〇二〇年七月八日

——寫不完的書——

寫完這本書
便可以無憾死了
總如此告訴自己

死了
太陽下山
花朵凋謝
河流枯了

死了

但遺憾是什麼？
花謝了
明年春天，在落花處長了新芽
日落了
還未有太陽下山便不再昇起的經驗

書寫
是為人生捕風捉影
風何時會停住？
寫不完的書啊。

註：「你當受勸戒，著書多，沒有窮盡。」——傳道書第十二章。

二〇二〇年十月二十四日

—童啼—

好奇停住腳步
諦聽鄰居傳來的童啼

哭聲忽長忽短忽高忽低
喉聲，吸鼻，耍腿
打賴
討拍
威脅
憤怒
那孩子已然長大
不在天國了啊。

二〇二一年一月二十二日

繽紛落葉

今天是切開的日子
為了替將要來的
先鋪平坦直的道

舊的　寬心凋落

一片葉　旋轉飄向東
一片葉　翻跟斗飄向西
一片葉　斜向如漂石
向南又轉往北

另一片葉　模仿芭蕉的
青蛙跳水
這最後落下的音符
在初春安靜好大聲。

二〇二一年二月十六日

野草自白書

孩子，你要學習草
像草一般
讓人輕賤你

孩子，你要學習草
狂風襲來
你便彎腰
但別被折斷

孩子，你要學習草

大火焚燒
你要把根深藏在土裡
千萬別長在牆頭

人家踐踏你左邊
你便讓右邊前方後方
全讓他踐踏
但別忘記守住你根的生機
踐踏是野草蔓生的契機

在百花之中抉擇
我的孩子
天選最大的恩典
便是使你成為強韌的草

有一種意志
孩子，你絕不能妥協
不能動搖
等待或促成敵人自誇因而崩潰
你，我的孩子
屆時你要搶先而上
霸佔敵人的墳頭

孩子，我祈望你成為野草
夜夜在兇惡敵人的墳頭
聽蟋蟀唱歌

孩子，你要學習草。

二〇二一年二月二十日

—午后—

午后小寐
傾聽鳩鳴
或遠或近似真似幻
公的？
母的？
老的？
少的？
珠頸的？
翠翼的？

作了轉世之夢
當自己仍是鳩的那一世

註：莊周夢蝶，或蝶夢莊周？

二〇二一年二月二十七日午后

繁花盛開的森林

應春天的邀請
東一朵西一朵
為風飄送芬芳

應森林的邀請
南一朵北一朵
在她鬢髮添姿色

應悲傷的你啊的邀請
朝一朵暮一朵

撩撥你喜悅的心弦
天，何曾無情？

註一：《繁花盛開的森林》是三島由紀夫生平第一本小說之名。
註二：喪母之後，荒野森林安慰了我。

二〇二一年三月一日來義荒野

陌生

掃墓的季節
族親談論逝世多年的父親
豪爽，慷慨，多情的往事
離鄉多年的我
愧疚而沈默聽著
多麼陌生的父親。

二〇二一年三月二十三日

北之螢

遍眼的綠色田野
晃動尾巴奔跑的狗
下意識停住了歌聲
驀然驚覺
竟一直重複哼著那首歌

「北之螢」
大雪紛飛
遠方的船燈
一點光

啊，許是寂寞太久了吧。

二〇二一年三月二十日

—〈掛紙〉—（客語）

拈一支香

祖先啊，子孫都當沒閒
有兜沒歸來掛紙
真失禮

沒閒就好咧
到這裏就莫麼介事可沒閒囉。

祖先啊
您們都平安吧？

到這裏莫麼介不平安的事。

真抱歉，子孫很多不會講客話
就由我來代言

莫要緊，等到你等到這裏
就莫機會講話囉。

日頭當熱
莫有落雨的樣式

我拈香自我罰屹
自問自答。

註一：你等：你們。
註二：罰屹：罰站。

二〇二一年四月四日

返童

遠眺暮色
遙遠的路的彼端

老年後方的後方的遠方
那兒會是什麼地方呢？

赤誠孩童般純然的世界吧？
如此鼓舞自己
毅然往路的那端
走去。

二〇二一年四月二十一日

─甘霖雅歌─

詩人自滿開口有靈
是為言靈者

上天終年緘默
開口便一粒粒，一串串，一盆盆
如玉珠
如銀鍊
如瓊漿
散花於群山
於河川、於萬木、於田野

上天開口
便成萬首雅歌
詩人噤口。

二〇二一年四月二十六日久旱逢甘霖

機槍堡上的朝顏

綠色的青春之心
蜿蜿蜒蜒
旋轉著我的期盼
浪漫的夢想

在某個時光角落會找到
待開的花苞吧
亦或終會等到
盛開的紫色花季吧

蜿蜿蜒蜒
蜒蜒蜿蜿
霍然發現
那竟是長在昔日機槍口
的朝顏

啊，
這是如何冷酷的欺騙
這是如何抒情的欺騙。

二〇二一年七月八日

—百舌鳥—

逐漸遺忘了人語
學習了也馬上遺忘
舌頭跟著生鏽的腦袋遺失了

直到在荒野遇到鳥聲
鳴一聲　應和一聲
一朵曼陀羅花　二朵曼陀羅花
三朵曼陀羅花
自天上婉轉千迴
灑落曼陀羅花雨

我遺忘了一切
終成為自由翱翔的
百舌鳥。

註：悉達多太子在菩提樹下悟道，開口說法，諸佛聞之，甚為喜悅，自天上落下曼陀羅花雨。

二〇二一年七月十日

—那即是我的我—

前天，躲進東邊的森林
昨天，藏身西邊的荒野
今天，在南邊荒僻河床
　　踽踽獨行

明天呢，明天是不是找個荒僻的小島
躲避那叫著「人」的動物？
我怎麼會變成如此的我啊

不，早該如此

當所有的語言剎那可成為謊話時
即刻轉身離去
那才是我應該成為的我的我啊。

二〇二一年七月十二日

髮

髮是沒有聲音的語言
伴隨歲月
一根一根失落
語言也稀疏了

有更多深沉的心事要說
但我已找不到有聲音的語言。

二〇二一年七月三十一日

跋

談吳錦發新詩集《母親》裡的「智慧的言語」及其他

小說家　宋澤萊

一、吳錦發那一代鄉土文學家的兩個特質

吳錦發與筆者同是一九七〇、八〇年代年輕世代的台灣鄉土文學作家的成員，我們也都是在那個二、三十歲的青春年華，寫出了奠基的作品，然後風風雨雨，經過了四十年，不知不覺我們都來到了初老的年紀。

回想當時崛起的年輕一代鄉土作家，不下有好幾十位之多，算是繼黃春明、王禎和那一代作家之後的所謂「戰後台灣第三代的鄉土文學作家」一群。這批作家從那時開始，就以文學創作為基礎，然後擴散自己的

影響力到台灣的文學、文化、教育、政治各個界域裡，做他們應該做的工作，對台灣的影響應該是重大的。如今到了臨老的年齡，雖然有幾位（比如洪醒夫、林梵、楊子喬）已成古人，但是大部分依然如同往日活躍，比如說李昂、林文義、王定國依然創作不懈，作品的力道不減當年；吳念真、苦苓、劉克襄的身影，依然活躍在影視界；廖莫白、王世勛從政壇退下來，依然影響政壇；李勤岸、林央敏在台文界裡仍然奮鬥不懈……這批作家其實是很了不起的。

由於七〇、八〇年代，台灣在各方面正面臨激烈的變動，在經濟上，加工經濟有飛快的發展，工廠的工人日漸增加，他們正面對著如何在工廠裡升遷的問題；同時農民在長期支援工業的情況下也變成低收益階級，正需要政府的改進和補助；在教育上，正面臨如何鬆綁威權教育，使教育更台灣化的問題；在政治上，由於退出聯合國後，正面臨如何開放政權，使政權更加本土化與自由化，以取得全民支持的問題……，所有這些林林總總的問題，都需要儘快加以解決。但是台灣在國民黨長期一黨專政的治理下，設下了種種的障礙，阻擋了這些問題的解決。比如說戒嚴法還是緊緊的箍束了人民的行動，若有人要談改革，那麼牢獄之災就不可避免。在七〇、八〇年代之交，台灣爆發了激烈的鄉土文學論戰與美麗島事件，受害的鄉土作家與政治家甚多，這就是這一個時代青年們談改革或進行改革所招來的後果之一。

一個時代決定了一個時代作家的個性。據筆者的看法，與下一個世代的台灣作家來做比較，那一世代的鄉土作家有兩個特質：

首先一個就是在天然的道德良心上，他們在公義心方面顯得特別的高張。由於政治壓力大，假如稍有膽怯，公義心不足，那麼作品就變得軟弱無力，不能切中要害，不能喚醒社會，要當個鄉土作家也就當不成了。那麼既然能成為一個鄉土作家，在先天上，他們的公義就高於一般人。雖然也許在文學上他們不可能像政治人物在政論台上那麼慷慨激昂，但是在文字間，他們散發的力道並不比政治人物要軟弱多少。這也就可以解釋，當時有許多鄉土文學作家因此就進入政治界去活動，正因為如此，被特務單位約談跟蹤的有，甚至被關進監牢的也有。這就是高張的公義心所導致。

另一個特質是自求精神昇華的需求也比下一個世代的作家要更來得迫切。當時，在美麗島事件之後，層出不窮的政治社會事件緊跟著來到：反一黨專政運動、反公害運動、原住民請願運動、五二〇農民抗爭運動、婦女運動、無殼蝸牛運動、二二八事件平反、反黑名單運動、台灣獨立運動……，簡直讓人目不暇給。最使那一世代鄉土作家感到艱難的是內在心靈的改革，他們必須把自幼以來國民黨灌輸給他們的「大中國意識」改正為「台灣意識」，他們必須重新認識台灣、閱讀台灣、思索台灣……。這個自我改革是非常艱難的，一面必須放棄舊知，一面必須吸取新知；在不停關心社會下，且戰且走，讓自己終於變成一個名實相符的台灣人。

因此，在內心的交戰下，他們的腳步顯得有些顛躓，臉色顯得焦急而倉皇，有時甚至讓別人認為他迷失了。在這種情況下，假如他不尋求精神的昇華，讓自己的內在變得更為寬廣，日積月累，必然會出現問題。所以這一代的鄉土文學作家各有他們精神的昇華術，有許多人因此有了宗教信仰，在那裡可以安頓他們激烈變動的心靈。這種情況在下一個世代的台灣作家中就比較少見。

吳錦發就是有這兩種特質的作家，從最近他要出版的詩集《母親》看來，就是這兩種特質的顯現！

二、詩集與公義心的顯現

《母親》詩集的內容其實並不統一，主要是由幾個類別所構成。第一類是記錄了他目睹二〇一九年反送中運動所感所想；第二類是他對母親的書寫，特別著重記錄了母親由老病到亡故的這段時間所見所感；第三類則是記錄了他進入神的懷抱後的體悟；第四類是對身邊朋友的若干書寫。

筆者認為前兩類是他公義心的再顯現，第三類則是書寫他最近的精神昇華。這三類乃是比較重要的部分；因此，筆者這想要談談它們。

首先，我們來看看有關香港返送中條例運動的書寫這部分：

這幾年，香港民主運動風起雲湧，從二〇一四年的雨傘革命，到二〇一九年的反送中條例運動，都使人血脈賁張，也給台灣人帶來頗大的震動與反省。不過，在整個實際的行動上，除了若干青年人外，台灣社會底層的人並未能蔚成支援熱潮。這是因為從一九九七年香港回歸中國後，香港問題事實上已經變成中國內政的問題，讓台灣人插不上手；台灣人到現在也還搞不清楚，為什麼一九九七年時，香港人要那麼歡欣鼓舞於回歸中國；那時，在台灣人的眼光中，香港人是很幼稚的，不像台灣人一樣，深懂中國人統治暴政的可怕，現在後悔未免是來不及了。另外，香港人與台灣向來感情不夠親密，一向很少有深入的來往；從地理來看，它雖然是散開來的群島，卻過分靠近大陸，反而不太像真正的獨立島國；而台灣則是在東亞島弧上，是海上鎖鍊的一部分，是名實相符的一個島；所以相對而言，台灣對同屬島弧的日本比較有唇齒相依的那種感覺，對香港則不然。再說，台灣人長期反抗國民黨的統治，香港人並沒有給予多少支援，態度還頗為冷淡，無法給台灣人有感恩圖報的理由。正是這些原因使台灣民間與香港疏離了。

雖然如此，吳錦發還是寫了〈逆〉、〈旗〉、〈死決定了生〉、〈封城〉這幾首詩給香港，表示對香港無比的關切，這就是公義心的顯現。在公義心下，不管居住在天涯海角的人，對香港的情況都應該要感到激憤。我們來看〈逆——致香港〉這一首，吳錦發這樣寫：

光被暗照亮了
太陽被雪融化了
死被生喜悅了

港啊
那年輕的靈魂
被地獄逼出了香味

在這首詩裡，他寫出了對香港年輕人的讚嘆。讚嘆他們翻轉了自然律，完全無視於自然律對火與柴、光與暗、太陽與白雪、生與死之間所做的規範，一心一意逆勢要反抗這一切。每一行的詩句都在歌頌香港青年的武勇，也暗示出小國不一定聽從大國，區域要臣服於中央的決定，最後甚至犧牲生命也不懼怕，因為即使地獄來了，地獄也不得不用香氣使這些青年萬古留芳。這首詩無懈可擊，短短的幾行詩，表現出反送中運動的激昂與果實，引人注目。這正是顯露了詩人了不起的技藝；同時也顯露出詩人高度的公義心，沒有超凡公義心是寫不出這樣的詩行的！

其次，我們來看一看吳錦發對母親的書寫：

對母親的書寫也是他身為兒子的道德良心中的公義心的表現。我們接受了母親一生所給予的恩惠，會時時想要報恩，會時時想念母親，會不忍母親的受苦、會不忍母親的離世，這些都是公義心的一部分。在這方面，吳錦發所寫的〈媽媽唱兒歌〉、〈口哨〉、〈安全距離〉、〈來電〉、〈童話〉、〈肚臍〉、〈謊言〉、〈鑰匙〉、〈矛盾的禱告〉、〈廢墟〉、〈奔跑〉、〈吃飯〉、〈情之暮〉、〈擔桿〉……等等都是。

在這些有關母親書寫的詩作中，以看見母親的老、病的痛苦無奈狀況最多。我們大部分的人，最難面對的就是父母的老死，在那時，焦慮、不安、恐懼會佔滿我們的心，那是明知父母將亡，身為兒子的我們卻已經知道無法挽回，我們甚至願意用自己的生命交換父母的生命，好讓他們多活幾天，但是心裡卻知道這是不可能的，其中的滋味是大半的人都有機會嚐到的。凡是這些，吳錦發都寫得很充分。唯有一點是他特別寫到了母親生他時的艱難痛苦，這是一般人所不曾有的經驗。

據吳錦發的自述，他是一個難產兒，母親生他時幾乎是拚命的一個過程，差一點喪命，這個恩情讓他不知道怎樣才能完全報答。他大概只能一再思索這一件事，一再寫這件事，以表示他對母親的永恆感謝。我們來看看〈情之暮〉這一首詩，吳錦發是這樣寫的：

在醫院高樓
眺望最後的暮光

「你終於來了」

母親在病床上
恍惚中說了這句話

我難產出生時
母親曾說了同樣的話

明天，
美麗的朝陽
請依舊升上來吧。

這首詩簡捷地說出了他是難產兒的事實。「你終於來了」是最大的重點，也是母親生他、養他最大的願望。然而如今母親正逐漸離世，他的日落西下已成定局，只能盼望她垂危的生命能像明天的太陽，又爬昇上來。這首詩有感恩，有傷感，有不捨，百感交集，都被壓縮在短短的幾行字裡，言溢於表。身為人子的良心公義心也在這首詩裡表露無遺！

再其次，我們要談到吳錦發的精神昇華部分，這是筆者最想要談的。

三、詩集與精神昇華（智慧的言語）的顯現

筆者認為這部分的詩是《母親》詩集裡最了不起的部分，它既是作者個人高超的領悟，也是一種「神蹟」，說明了這本書的不同凡響。這些詩與他信仰基督教有關。

吳錦發追求精神的昇華有悠久的歷史，他遠在二〇〇〇年甚至出版了《生態禪》一書，也請了一個出家人為書寫序，顯見他一直想要在佛教禪裡找到精神的昇華。不過，佛教禪並沒有叫他滿意，他開始注意到基督教，終於在二〇一九年由住在台中的聖潔教會的黃金田老牧師為他施洗，地點在台中的邊譜書局。受洗的當下，他嚎啕大哭，顯示了他追

尋路途的艱辛與對耶穌深厚的信心。

在《聖經》的〈馬可福音〉裡，耶穌說：「信的人必有神蹟跟隨他們。」從那時開始，筆者慢慢看到吳錦發改變了，但直到看到這本詩集時，才知道他的改變是如此的巨大。

詩集裡有幾首詩，包括〈觀落鷹〉、〈神的國〉、〈禱〉、〈拒絕分享〉、〈反叛〉、〈學孩子〉、〈趕路〉、〈長夜驚雷〉、〈剽悍的神〉、〈代誌，並不像憨人想的那麼簡單〉、〈無人知曉的名〉都很值得注意。這些詩顯出了一種智慧，是他以前不可能寫出來的詩，我們可以說它們都是「智慧的言語」。這是一種聖靈（神、耶穌的靈）所恩賜的特殊能力。

在《聖經》〈哥林多前書〉十二章裡，保羅說：「聖靈顯在各人身上，是叫人得益處。這人蒙聖靈賜他智慧的言語，那人也蒙這位聖靈賜他知識的言語，又有一人蒙這位聖靈賜他信心，還有一人蒙這位聖靈賜他醫病的恩賜，又叫一人能行異能，又叫一人能作先知，又叫一人能辨別諸靈，又叫一人能說方言，又叫一人能翻方言。這一切都是這位聖靈所運行、隨己意分給各人的。」這就是所謂聖靈恩賜的九種能力，吳錦發顯露了其中的一項，就是能說智慧的言語這一項。

那麼，甚麼叫做「智慧的言語」呢？

在《聖經》裡，就有許多智慧的言語，當中以耶穌最為善於說這類的話。說這種言語的人通常會使用一種高超的話術（修辭法），比如說把真理掩蓋在一種看來頗神奇的語言中，最後才揭露真理，使聽話的人豁然領悟，達到效果。另外也有使用犀利的言詞與有力的比喻，讓人在無可推諉中，俯首接受了真理的教訓。比如在《聖經》〈約翰福音〉裡記載耶穌曾經對人說：「愛惜自己生命的，就失去生命；在這世上恨惡自己生命的，將保全生命到永生。」這句話就是典型的智慧言語，由於修辭頗為怪異，剛看到這句話就會嚇一跳，以為耶穌似乎說了不正確的反話，因為我們一般人都認為恨惡自己生命的人可能會很快地自殺或遭到不測，哪有抵達永生的道理？至於假如要長命，那得非要愛惜自己生命不可。由於被吸引，就更加想要瞭解這句話。經過了一番的問難，終於明瞭這句話的含意原來是這樣的：「如果有人一直愛惜自己這個喜愛犯罪的小生命，緊抓不放，最後就無法獲得永恆的生命；但是在世界上，如果有某人開始恨惡自己愛犯罪的小生命，不惜放棄它，最後就會獲得永恆的生命。」這時我們才豁然大悟，覺得很有道理，頓感受教甚大。

另外耶穌的弟弟雅各也很會說智慧的言語，在《聖經》的〈雅各書〉裡，雅各勸人要尊上帝為大，不要驕傲自滿，免得遭難，他這麼說：「有人說：『今天或明天，我們要到某某城去，在那裡住一年，做生意，賺大錢。』可是聽我說，你們連明天還活著都不曉得！你們不過像一層霧，出現一會兒就不見了。你們應該這樣說：『如果主願意，我就可以活著，做這事，做那事。』可是你們竟然那麼自大驕傲；這樣的驕傲全是邪惡的。」當我們聽到雅各這麼說，由於他比喻得很有道理，說中了我們人存在於世上的可憐真相，有信仰的人立刻就會愣住，然後就想起我們不把上帝放在心裡已經很久了，萬般都尊自己為大，凡事自滿，好像一個沒有信仰的人，實在很不應該，我們當下就認罪悔改了。像上述這些話，都不是普通人可以說出來的，這是深層信仰者的言語，裡面暗含上帝的真理，乃是聖靈在背後推動的言語，能引我們深思，迫使我們折服。甚至有時候說話的人都不知道何以他能這麼說，因為這種語言是神乎其技的，裡面有極高明的神所賦予的話術（修辭法）。

我們來看一看吳錦發所寫的這些詩，大抵也是如此。比如說許多的詩都先提出了一些日常所見難題，最後由上帝（智慧）給出了答案。這些答案看起來並不複雜，但是都深深關係到真理；詩行並不多，但是都使用了極高明的話術（修辭法），目的在於引起讀者的注意，最後使讀者折服。

先看一首叫做〈禱〉的智慧詩：

主啊
我不當騙子
他們搶去當了

主啊
我不當強盜
他們拿去當了

主啊
我不當政客
他們也佔據著當了

主啊
我一無所有
宛如只剩下一個地獄

不，你要連那個也讓他們搶去
他們要拿的我將加倍給他
你沒有的我要使你更沒有

這首詩的主旨在於警告那些強取豪奪的人，最後將陷落到地獄一般的空無所有的境地，就像《聖經》〈哈巴谷書〉所寫的：巴比倫人有禍了，上帝要懲罰不公不義，對人民巧取豪奪的巴比倫人。果然到最後巴比倫滅亡了。詩中，作者運用了控訴的話術（修辭法）對上帝陳述了自己的艱難，希望上帝主持正義。上帝（智慧）給了他答案，叫他把地獄給這些強取豪奪的人，暗示受害者可以循法律途徑或者用抗暴的方式，將這批歹徒繩之以法，最後把監牢給他們，內容就是這麼簡單明瞭。但是，作者的控訴的修辭法給我們很大的樂趣，彷佛有一個天上的訴訟法庭正在展開，最後審判者給出了最後的判決。裡面也引用了《聖經》〈馬太福音〉裡耶穌所說的話：「因為凡是有的，還要賜給他，使他豐足有餘；凡是沒有的，連他有的也將從他那裡被拿走。」使這首詩更加具有神性。總之，裡面既有智慧，也有很高明的話術（修辭法）。

我們再看看另一首叫做〈路〉的智慧詩：

沒路了
上帝說：摩西你儘管走去
海分為兩邊
路出現了

沒路了
台灣人走到海邊
海洋渺渺茫茫
神啊 請指明一條道路

神沒有回答
台灣人向海走去
尋找失落的神

路沒有了
海成為四通八達的路
直到天的盡頭

這首詩也分成了兩部分，先是陳述了台灣的困境，大略是說台灣目前的處境比以色列人出紅海時代更加困難，因為上帝為他們在海中開出了一條道路，讓以色列人安全地逃到阿拉伯半島；但是台灣人看起來前路仍然只是一片海洋，無路可逃。後一半是由上帝（智慧）給出了答案，祂對台灣人故作神祕，保持沉默，卻要讓台灣人去海洋追尋祂，台灣人果然勇敢地走向海洋，然後四通八達的道路就顯現出來了，直通達到無盡的天堂。詩裡頭隱含了台灣應該向西方文明學習、應該要信仰上帝的等等真理，這是一種簡單而無可辯駁的事實，也是目前台灣唯一的最好的道路，看起來我們都能接受，也正在接受。重要的是，作者更透過一種問難的場景，讓台灣人就教於上帝，然後由上帝（智慧）在沉默中給出了這個答案，讓人在念詩的過程中就被說服了，感到的確應該如此。總之，裡面也是有智慧，也有很高明的話術（修辭法）。

其他還有幾首詩，也都是有智慧有話術（修辭法）的好詩。

四、一本能叫人收穫滿滿的好詩集

總之，《母親》這本詩集是一本好書，它與一般詩人所寫的詩集很不同，並非一本平面化的產物。作者由地上寫到天上，裡面有世間最重要的公義心，也有出世間的來自於上帝的智慧，合成了一本有立體感的了不起的書。

筆者估計，將來吳錦發還是會寫這種詩集，目前只是一個開端。因為隨著信仰日益深入，聖靈給他的能力會增加，他的智慧將更加深厚；那時，他會更看透地上，更加通達天上，寫的詩會更澎湃，更具有衝擊力！

二〇二一年十二月一日於鹿港

母親

作　　者　吳錦發
總 編 輯　魏淑貞
副總編輯　蔡明雲
封面設計　盧卡斯
行銷企劃　黃毓純
業務行政　林欣怡

發 行 人　魏淑貞
出版發行　玉山社出版事業股份有限公司
地　　址　台北大安區仁愛路 4 段 145 號 3 樓之 2
電　　話　(02)2775-3736
傳　　真　(02)2775-3776
劃撥帳號　18599799
　　　　　玉山社出版事業股份有限公司
法律顧問　魏千峰

初版一刷　2022 年 1 月
定　　價　380 元

Printed in Taiwan

玉山社 / 星月書房 http://www.tipi.com.tw
電子信箱 tipi395@ms19.hinet.net

國家圖書館出版品預行編目(CIP)資料

母親/吳錦發著. -- 初版. -- 臺北市 : 玉山社出版事業股份有限公司, 2022.01
面；　公分
ISBN 978-986-294-297-0(平裝)

863.51　　110021689